رواية

نبضة قلب

د. جُمان الريحاني

إهداء..

إهداء إلى القلوب التي تنبض بالحب

جمان الريحاني

جيان وأمارا

كان الشاب جيان يحلم بان يصبح كاهنا، ولكنه عندما رأى الفتاة أمارا تعلق قلبه بها أكثر من تعلقه بالآلهة كالي آلهة الموت.

لقد كان جيان يبشر بمستقبل لكاهن ومبشر، كانت لديه القدرة على الإقناع والروحية على التواصل مع كافة أنواع الناس.

كان جيان يستطيع التأثير في الغني والفقير، القوي والضعيف، المعافى والمريض

كما أنه كان يستطيع التبشير، وكثيرا ما كانت توقعاته صادقة وهذا حسب الكهنة يعود إلى نقاء روحه وصفاء قلبه

وأيضا لكونه من عائلة طيبة الأصل أبا عن جد

أما أمارا فقد كانت راقصة في معبد الآلهة كالي، لقد كانت راقصة محترفة وبارزة في المعبد

كان وقع أقدام أمارا على الأرض حين ترقص يشبه وقع نقاط الدماء أثناء الحروب، قطرات الدماء التي تتناثر من السيوف والأشلاء لتقع على الأرض بقوة خروج الأرواح من الأجساد فهي تحمل معها قوة الانفصال تلك.

وكان صوت خلخالها يجعل الرجال تخمر، ومن صوته المتناغم تسكر، وتجعل كل الإناث تشعرن برابطة قوية مع الآلهة كالي رابطة الأم والابنة.

رابطة القوة والأمومة.

رابطة الأرض التي تهتز مع وقع الأقدام، فترتد القوة لتصدر أنغام الخلخال.

لقد كانت أمارا راقصة موهوبة بل والأكثر موهبة في بنات جيلها وكل نساء القرية.

لقد كانت لها صفة مختلفة عن كل البنات، فقد كانت تضيع في الرقص، أي أنها ترقص بجسدها، ولكنها وكأنها في حالة غياب عن الواقع، فهي لا تشعر بمن حولها عندما ومهما كان يحدث حولها فهي تواصل الرقص وبنفس الحرارة.

ولكن عندما تعلق الاثنان ببعضهما حذرهما الكاهن الكبير من هذا الحب المحرم، فقد استبدلا حب الآلهة في قلبيهما بحب البشر، وسوف يعاقبان على فعلتهما هذه من طرف آلهة الموت كالي.

لم يكن هذا الأمير فعلا بالنسبة للآلهة التي كانت تقدس الحب وتباركه، ولكن الكاهن الكبير كان واقع في حب هذه الفتاة، وكان يطمح لأن يكتسب حبها أو يسيطر عليها بطريقة ما، لقد كان يجهّزها للاحتفال بعيد الديوالي.

لقد كان الكاهن يريد الزواج بوالدة أمارا شياما التي ماتت بطريقة مبهمة، حيث وجدوها ميتة في المعبد بعد ولادتها، وقدمت ابنتها قربانا لكالي.

تولى الكاهن تربية الفتاة طمعا فيها عندما تكبر وقد كان يحبها مثل حبه لوالدتها.

ولكن الفتاة التي تربت على حب الآلهة، لم تشعر بالغرابة في حب الكاهن لها، وقد كانت تعتبره حب أبوي واهتمام ورعاية.

وكانت العلاقة جيدة بينهما، إلى أن ظهر جيان هذا الشاب الطموح التي تغير قلبه في لحظة واحدة، وتعلق قلبه بهذه الفتاة التي رأى فيها قوة وجمال الآلهة.

كان يقول جيان بأن أمارا قد جمعت كل صفات الآلهة فيها الجمال والقوة وحب الناس والعدل.

بعد أن نشأت علاقة بينهما وتعلق الاثنان ببعضهما قررا الزواج، ولكن الكاهن منع ذلك لفظيا، وعندما تطور الأمر تصرف بقوته السحرية التي كان يمتلكها وكما قتل شياما يوما.

قرر أن يقتل ابنتها أمارا معتقدا بن تجسيدها هذه المرة لم يكن صالحا بالنسبة له.

لم يستطع أن يسمح لها بالزواج ولن يسمح لها بان تخدعه كما فعلت والدتها قبلها، فأمارا تحت سيطرته التامة وليست تعيش بعيدة عنه كما حدث في السابق

حيث كانت شياما تعيش مع أهلها في القرية إلى أن تزوجت في السر، وقتل زوجها في اليوم الثاني لزواجهما، عندما علم الكاهن بالأمر.

قرر الكاهن أن يقوم بحبس أمارا وسلسلها
بالسلاسل ولكن جيان وجد طريقة للهرب، هرب
الاثنان وسافرا في القطار باتجاه مومباي، كان في
القطار رجل طيب تكلم معهما وقرر أن يقدم لهما
مأوى في المدينة وقد كان طبيبا.

عندما علم بقصتهما وعلم بهروبهما وبأنهما لا أحد
لهما في الدنيا، لكي يساعدهما قرر تقديم يد لعون لهما.

كانت الفتاة متعلقة بجيان وتتكئ على صدره لتشعر بالأمان، حيث تسمع نبضات قلبه وقلبها ينبض لأجل تلك النبضات بالذات.

أخذ الطبيب الشابين إلى بيته الذي يقع في جبل وأخبرهما بأنه بيته الثاني فلا يستطيع أخذهما إلى بيته الذي في المدينة، لأن زوجته وأطفاله سوف يسالون ويكثرون السؤال عنهما لذا قرر أن يخبأهما في مكان منعزل قليلا.

دخل الشابين وقدم لهما الطبيب غرفتين، وطلب منهما النوم منفصلين حتى يأتي لهما غدا بكاهن ليعقد قرانهما وبذلك يصبحان زوجين.

لكن أمارا شعرت بالخوف لذا طلبت من جيان أن يبقى معها في غرفة الجلوس دون أن يناما لكي تشعر بالأمان في وجوده.

أشعل جيان النار ووضع فراشا على الأرض بالقرب من المدفأة، واتكأت عليه أمارا وراح يحكي لها عن أحلامهما في المستقبل وكيف سينعمان بالسعادة مستقبلا، وكيف سيباركهما الكاهن غدا للزواج.

وكانت أمارا ممتنة لما فعله الطبيب لأجلهما ومستغربة كرمه الذي فاق الحدود.

وبعد مرور ساعتين بالتقريب سمعا بعض الأصوات التي تأتي من الخارج، فقام جيان لكي يكتشف ما يحدث.

كانت الأصوات من خارج البيت وعندما فتح جيان الباب لم يجد أحدا بالخارج، حتى سمع صوت صراخ أمارا، يبدو أن أحدا قد دخل من الباب الخلفي

وعندما التفت إلى الخلف وعاد أدراجه لم يكد يطأ الباب، حتى تلقى ضربة على رأسه جعلته يفقد الوعي.

عندما قام جيان من ذلك الإغماء، وجد نفسه مستلقي على طاولة تشبه طاولات العمليات بالمستشفيات وهو

عاري من ثيابه، وعندما التفت شمالًا وجد أمارا هي الأخرى على طاولة عارية ومغمى عليها ولا احد بالغرفة إلا هما الاثنان.

كان جيان مقيّدا وكذلك أمارا ، حاول أن يفك وثاقه ولكنه لم يستطع لأنه كان محكم الوثاق، فراح يناديها ويطلب منها الاستيقاظ.

وعندما فتحت عينيها نظرت إليه، وعيونها مليئة بالدموع، في تلك اللحظة دخل رجال عليهم في الغرفة.

كان الرجال يبدون رجال عصابة، وراحوا يقومون بتجهيزهما كما يجهز المريض للعملية.

ثم بعد بعض الدقائق دخل رجل يلبس لباس الأطباء، ويضع كمّامة على وجهه، خاف جيان على نفسه

وكذلك على نفسه فقد علم بان هؤلاء الأشخاص مقدمون على اذيتهم بلا شك.

بعد قليل وبعد أن تم تجهيزهما قام الرجل بإنزال الكمّامة على وجهه فأصبحت تحت ذقنه إذ يستطيع أي شخص رؤية وجهه والتعرف عليه.

لقد صدم جيان لن الرجل كان هو نفسه الطبيب صاحب البيت الذي استضافهم في بيته، وقد كان شخصا سيئا وليس كما ظهر لهما لقد كان يتظاهر بالطيبة فقط، ولكنه في الحقيقة مخادع.

توسل جيان للرجل لكي يطلق سراحهما أو على الأقل أن يطلق سراح حبيبته، ولكن الرجل كان يواصل عمله ولم يلتفت لجيان أبدا.

قام الرجل بحقنهما بحقن التخذير فمد جيان يده إلى حبيبته التي مدت إليه يدها هي الأخرى.

أمسك بيد حبيبته والدموع تسيل من عينيهما، وقال لهما كم يحبها حتى فقدا الوعي كلاهما.

قام ذلك الطبيب باستئصال قلبي جيان وأمارا ورمى بجثتيهما في النهر ثم أرسل ذلك القلبين إلى مستشفى آخر في دلهي وقد باعهما بطريقة غير شرعية.

أوجين و ميرتا

لقد وقع حادث في دلهي، وراح ضحيته الكثيرون،
وكان من بين المصابين رجل أمريكي اسمه أوجين
وزوجته ميرتا الجميلة التي كانت قد هربت مع عشيقها
إلى الهند، فجاء وراءها وألقى القبض عليها ولم يعد
بها حتى تعرضا لحادث.

مات عشيق الزوجة على الفور، وأصيب الرجل
أوجين، أما ميرتا زوجته الجميلة فقد دخلت في
غيبوبة، ولأن الرجل كان مليارديرا، لذا كان الأول

على قائمة انتظار قلب للزراعة، ولم يتمكن مدير
أعماله من نقلهما إلى أمريكا لأن حالتهما كانت حرجة.

أجرى مدير أعمال هذا الرجل اتصالاته وقرر
شراء قلبين من اجل زراعتهما للرجل الملياردير
أوجين وزوجته ميرتا الشاردة.

وعندما تدبر الأمر بطريقة غير قانونية وتم دفع مبلغ
ضخم لقاء ذلك، تمت زراعة القلبين في ذلك الجسدين
وتم نقلهما إلى أمريكا للخضوع للعناية الخاصة
والرعاية الطبية اللائقة.

وبعد أن تحسن وضع الاثنين، وقد كانا في نفس القصر
في بيفرلي هيلز حيث قصر الملياردير أوجين، قام

الرجل الذي كان أحسن حالا من زوجته التي لازمت الفراش لمدة أطول.

لم تكن ميرتا تريد الاستمرار في العيش بعد أن مات عشيقها، ولكن زوجها أوجين كان يتوسل لها لكي ترجع إلى حياتهما السابقة.

لم يكن زوجها على طبيعته، ولم يكن كلامه يشبه كلامها طلية حياتها معه

لقد أصبح فجأة حنونا، ويكلمها بطريقة مغايرة

كيف لأوجين السيد الصلب الذي لحق بها بعد أن فرّت منه أن يتوسّلها بهذه الكلمات اللطيفة

كيف لهذا الكلام الذي يعبر عن العشق والشوق واللهفة والحب، لم يكن عقلها الباطن يقبل هذا الكلام بهذا الصوت.

الصوت صوت زوجها الذي فرّت منه والكلام يشبه

قليلا كلام عشيقها الذي مات

كان يكلمها ويتوسل إليها لكي تقوم من نومها وتقوم من فراشها، فقد كانت تلازم فراشها وتدعي النوم أحيانا لكي لا تكلمه، ولكنه كان يصر على البقاء بجانبها ويكلمها ويقول:

حبيبتي..

حبيبتي ميرتا..

رجاء.. يا حبيبتي قومي

استيقظي لأجلي..، لأجل حبي لك

أنت تعلمين بأنني أحبك مثل الهواء والماء

أنت الأرض والسماء

أحبك يا ميرتا حبيبتي

هل تعلمين:

لقد سامحتك

أنا أسامحك، وأغفر لك كل ذنوبك

لقد ولدنا ولادة جديدة، وفي هذه الحياة التي سوف
نبدؤها سويا يجب أن تكون حياة جميلة، وسعيدة
ونتبادل الحب فيها

فلا أنا اغضب منك، ولا آنت تخونيني

ما جرى لنا طهرنا من الذنوب

هيا .. يا حبيبتي

استيقظي لتحبيني..

أنا احبك..، ولن اسمح حتى للموت بان تسلبني هذا
الحب الجميل

وهذا الوجه اليافع الجميل

وهذا الجسد النابض بالحياة الجميل

أحبك.. يا ميرتا الجميلة

أحبك.. وساحبك دائما

هل تذكرين وعودك بالحب لي دائما يا حبيبتي

هل تذكرين وعود خاتم الماس

هل تذكرين يوم أقسمت على حبي في طائرتنا الخاصة
وفوق البحر

هل تذكرين بأنك كنت تحبينني

هل تدركين كم أحبك

أرجوك.. استيقظي

لقد ندمت على كل ما سبق، وعل كلما فعلته لك

أنا نادم على أي سوء ارتكبته في حقك

رجاء سامحي ضعفي أحيانا

فالحب ضعف

وأنا أحبك..

أحبك يا ميرتا..

وعندما نبض قلبها بالحب لزوجها السابق، وكادت تنسى عشيقها وهي لا تزال على فراش المرض.

فقد كان عقلها لازال ينكر زوجها ويؤنبها لأنها معه الآن، بينما نبض قلبها للرجل الذي يحمل قلب جيان وكأن القلبين يشعران بالانتماء لبعضهما البعض،

أما بالنسبة للرجل الذي كان يعشق زوجته الخائنة، وكان يعتبرها ملكا له ولا يصدق أنها قد تهرب منها أو أن يحصل عليها غيره فقد زاده قلب جيان تعلقا بالمرأة التي تحمل قلب حبيبته أمارا.

شعرت ميرتا بالأسى لأن قلبها بدأ ينبض بحب الرجل الذي قتل عشيقها، عاودتها الشكوك بان يكون هذا بسبب القلب الذي زرع في صدرها

فطعنت نفسها وتخلصت من حياة لا يوجد بها عشيقها الذي كان كل أملها في الحياة، كما أنّها لم ترد العيش بقلب ينبض لغير حبيبها المغدور.

لم يصدق أوجين بما حدث لحبيبته، فانتحر من فوره ووقع فوق جثتها ميتا.

كان لأوجين ابن أخ وحيد وهو وريثه الوحيد، جاء ابن أخيه ووقف فوق الجثتين وألقى خطابا على عمه الميت وقال له:

لطالما كنت بخيلا يا عمي

ولطالما حرمتني من مالك ومال أبي الذي سرقته مني عندما كنت صغيرا

أنت لم تبني إمبراطوريتك إلا بفضل سرقة أموال أبي، كما قد كنت تعامله مثل الخادم عندك، ولولا أبي لما كنت رجل أعمال معروف.

أنت مجرّد لص

أنظر إلى حالتك الآن

أنت ملقى أمامي ويمكنني أن أطعمك للكلاب

يمكنني أن افعل بك ما أشاء

وأنت بالطبع لن تستطيع فعل شيء لأنك عاجز عن
النهوض هل تعلم لما؟ ... لأنك ميت.

ضحك الشاب بصوت عال وقهقهة مسموعة في القصر بأكمله، ثم واصل كلامه وقال وهو يخاطب جثة عمه:

سوف ترى ما يمكنني فعله بجثتك سوف أقطعك إربًا إربًا

ثم قال (وهو يضحك بهستيريا):

عذرا.. لن ترى ولكن ربما تشعر

أعدك بأنني سوف أقطعك إربا يا عمي

وليس فقط جثتك، بل سوف أقطع زوجتك المصون الخائنة التي قتلت نفسك لأجلها، ولدي الكثير من الخطط لكي اشوه سمعتك بعد وفاتك فأنت لم تكن سوى شخص منحط.

قام الشاب بعد ذلك بإرسال الجثتين إلى المستشفى، وطلب من الأطباء أن يقوموا بتفصيل الجثتين وان يقطعوهما إلى أجزاء كثيرة.

ولأنه الوريث الوحيد فقد ورث المال والسلطة أيضا طلب من المحامي الذي أوكله بكل المعاملات القانونية، أن يزوّر له وصية بمعنى أن عمه هو من قام بكتابتها، فكتبا ورقة بكل الذي في نفسه ووقعها بتوقيع مزوَّر.

ثم وبعد ذلك خرج إلى الإعلام وكان في قمة الحزن والألم لوفاة عمه وقال للإعلام:

بالرغم من كون علاقتي بعمي لم تكن جيدة إلا أنني لطالما أحببته وبالرغم من انه قتل نفسه لن لسببين هما:

أولا:

لأنه وللأسف زوجته قد خانته فلم يتحمل أن طعنته في شرفه

39

وثانيا:

لأن عمي قد أفلس وشعر بالإحراج عندما يذاع هذا الخبر كان ليشعر الخزي.

ولكن وبالرغم من كل هذا إلا أن عمي قرر أن يكفر على ذنوبه، لذا لقد ترك وصية جعلتني اشعر بالامتنان لهذا الشخص الرائع الذي كان عمي.

لقد ترك عمي في وصيته طلبًا بأن يتم التبرع بكل جزء مفيد في جسده، وأيضا جسد زوجته.

وقال:

لعل هذا الأمر يكفر عن متاجرته في المخدرات والتي كانت سبب ثراءه، وأن عمي يطلب الغفران منكم جميعا وقد مات نادما على ما فعله في حياته فرجاء اغفروا لعمي هذا الإنسان الجيد.

كان الشاب يضحك، لأنه شوه سمعة عمه وزوجته وتبرع بكل أعضاء جسديهما، بينما أخذ هو المال

الطائل الذي ورثه فعمه لم يمت مفلسا بل كان

مليارديرا.

لوريت والبرت

عندما رأى السيد أدراين وهو عالم فيزيائي
فرنسي، ما قاله الشاب عن عمه اتصل به لكي يتفق
معه على أمر معين.

عندما تلقى الشاب الاتصال لم يكن يعلم ما الذي يريده
الرجل منه، وهو لا يعرفه، ولكنه تفاجأ لأن الرجل
كان يريد شراء احد القلبين وهو مستعد لدفع كلما يطلبه
منه الشاب.

في البداية لك يوافق الشاب، لكن المبلغ كان مغريا كما أن عمه قد انفق مبلغا ضخما لشراء القلبين، وكان من الممكن أن يرث الشاب ذلك المبلغ بدل أن يشتري عمه القلبين.

فكر قليلا ثم استمع لنصيحة محاميه الذي نصحه بأن يضغط على الرجل مقابل أن يشتري كلا القلبين، لأنه بحاجة الاثنين وليدفع فيهما مبلغا هما من يحددانه.

لقد كانت فكرة رائعة أن يبيع كلا القلبين بدل أن يبيع احدهما كما أنه ما كان ليفعل بالقلب الذي سيبقى، فهو لم يكن يعلم بأن عضوا بشريا قد يبلغ ثمنه هذا المبلغ كله.

لقد كانت فكرة رائعة لم تخطر بباله، ولكنها أتت تطرق بابه بنفسها فلما لا يغتنم الفرصة.

كانت نصيحة المحمي بعد أن بحث عن خلفية

الرجل، الذي كان لديه تاريخ مليء بالنجاحات،

والجوائز، والمعادلات الفيزيائية، وبراءة الاختراع.

لقد علم بان الرجل ثري، وهو أكثر شخص يعلم ما

الذي يمكن أن يفعله الأثرياء أو ما الذي يمكن أن يدفعه

رجل ثري مقابل ما يريد، وهذه كانت حالة عمه عندما

كان على قيد الحياة.

ولكن كان لديه طفلة لوريت في سنّ السادسة عشر، وهي من كانت بحاجة لقلب، وما كان يجهله البعض انه كان لديه ابن شاب ألبرت وهذا كان يعيش على الأجهزة وكان لديه ضعف في القلب ....

لقد كان الرجل يائسا لكي ينقذ حياة ابنته، وهذا ما جعله يدفع مبلغا مضاعفا لكي يشتري قلبين بدل احدهما

لقد كان الشاب يفكر في أن يستغل ضعف الرجل لإيجاده قلبا، فيأخذ الآخر معه ويمكنه أن يعيد بيعه أو يتبرع به، وهذا راجع له المهم عند الشاب أن يتخلص من كلا القلبين مقابل ثروة، بفضل استغلال الفرصة والموقف.

ولكن الرجل كان في حاجة لكلا القلبين، لابنيه، رغم أن حالة ابنه كانت مستقرة على عكس حال الابنة التي كانت في خطر حقا.

عندما اضطر الرجل لشراء كلا القلبين قام بزراعة احدها لابنته، والآخر لابنه الذين تحسنت حالهما بعد عملية الزراعة.

وبعد مرور فترة من الزمن وعندما تحسنت حالة الولدين، وأصبحا بحالة جيدة، وعادا للحياة من جديد، بعد أن تمكن الولدان من الخروج خارجا.

وعندما عادا لمزاولة حياتهما بالشكل الطبيعي الذي لم يحظيا به من قبل.

لقد كان الفتى يلازم الفراش، وأحيانا يدخل في غيبوبات تدوم فترة، ويستيقظ وتعود له الحالة من جديد، وهكذا مع مرور السنوات وهو على نفس الحال.

أما الطفلة فهي لم تنعم بحياة الأطفال أبدا، كانت هزيلة مريضة تعيش على الأدوية، وممنوع عليها كل النشاطات التي يقوم بها الأطفال.

لم تكن تغادر البيت أبدا، لا تخرج، لا تدرس، لا تلعب، لا تجري، لا تبذل أي جهد عضلي ولو كان بسيطا في نظر الأطفال العاديين.

كانت طفلة محرومة من كل شيء، حتى من التنفس الطبيعي أحيانا.

وأخيرا وبعد سنوات طويلة أصبحا من الناس العاديين وأصبح بإمكانهما القيام بكل ما يقوم به أقرانهما.

لقد أصبح بإمكانهما الحياة بامتلاكهما هذين القلبين الجديدين القويين.

خرجا إلى العالم الخارجي بكل قوة واندفاع وإقبال على الحياة، كان كل منهما تراوده أحلام كثيرة.

كما كان الوالد سعيدا بهما، ويريد لهما الانطلاق في مشوار حياة جديد وان ينسيا الماضي كله.

لقد كان الأطباء متفائلون بالحياة للشابين، الذين تقبل جسدهما القلبين بشكل جيد ومبشر بالخير.

تعرف الشاب على فتيات كثيرات، ولكنه لسبب ما لم يكن يتعلق بأي منهن.

وفي نفس الوقت كان يكن بعض المشاعر لأخته الصغيرة التي كانت على شفير الموت.

كانت مشاعره مختلطة بين حب وشفة وكونها أخته الوحيدة والصغرى، فكان يكن لها العطف والحنان والرحمة في قلبه تجاهها.

أما الطفلة، نعم لقد كانت مجرد طفلة، وقد كانت تحب أخاها كثيرا، كانت تراه بشكل مغاير، فقد كان شابا جميل الوجه وله أسلوب يمتلك به القلوب.

في البداية اعتقد الرجل بأن تلك المشاعر مشاعر أخوة، ولا تتجاوزها إلى أن وقع ما وقع.

لقد وقع الرجل في موقف لا يحسد عليه، وحدث في بيته ما لا يتمناه أي شخص.

في يوم من الأيام وبعد أن أصبح ابنه لا يغادر البيت من جديد، ولكن ليس بسبب المرض بل لأنه لم يكن يجد سببا للخروج.

فقد خرج ولهى مع أصدقاء كسبهم وصديقات.

تنزه ومارس بعض النشاطات، ثم لم يعد يحسّ بطعم كل تلك الأمور وعاد للاعتكاف في البيت.

وجد الرجل ابنيه في موقف محرج مما يؤكد أنهما يكنّان مشاعر حب قوية لبعضهما، ولم يكونا الشابين أكثر منهما القلبين اللذان كان ينبضان بالحب لبعضهما.

لم يجد الرجل حلا أمامها إلا الفصل بينهما.

حتى انه فكر في إرسال ابنته إلى مدرسة داخلية، لكي تنسى حبها أخيها وحب أخيها لها، ولكن ذلك لم يمنعهما من الإفصاح والجهر بالحب لعضهما أمام الجميع فعلم بالأمر الخدم والخادمات.

خاف الرجل من أن يصل الأمر إلى الصحافة، فتصبح فضيحة كبيرة ويخسر سمعته ويفضح أمام الناس.

قرر الرجل أن يتصرف وقد شغله الأمر فسجن ولديه في غرفتين منفصلتين واحكم الإغلاق عليهما، بينما يجد هو حلا لهذه المشكلة العويصة.

وبعد طول تفكير وكثرة التحليل توصل الرجل إلى أن هذه المشاعر قد تأججت بعد زراعة القلبين، لذا فقد ارجع السبب وراء هذا التغيير وولادة هذه المشاعر إلى القلبين.

وفكّر أنه ربما لأن القلبين كان لدى زوجين فمازالا يحملان بعضا من الحب الذي كان بينهما (الحب بين

الزوجين)، ولم يكن يعلم بان القلبين كان في البداية قلبا جيان وأمارا العاشقين الذين سلبا قلبيهما وحياتهما ولكنهما لم يسلبا الحب الذي يتأجج بنبضة قلب.

وبعد ذلك قرر الجل الذي قضى كل حياته في البحث عن قلب للزراعة لابنته الصغيرة وابنه الذي عاش كل حياته على الأجهزة ولم يهنا بحصوله على قلبين في نهاية المطاف.

فعاد إلى البحث عن قلبين.

تحصل الرجل على قلب رأى بأنه يناسب ابنته الصغيرة، فأجرى لها عملية وانتزع منها القلب الذي يحبه أخاها.

وبعد ذلك أطلق سراح الولدين من السجن لكن الولد عندما علم بما جرى ساءت حالته وتدهورت حتى ادخل إلى المستشفى، فاخبرهم الطبيب بان جسده يرفض القلب وقد دخل في حالة حرجة

لم يكن الأطباء يتأملون في نجاته هذه المرة، وبعد محاولات لإنقاذه التي باءت بالفشل حدث ما لم يكن متوقعا

لم يكن الرجل يتوقع كلما حدث معه في الفترة الأخيرة،

لقد كان متمسكا بالأمل، ولم يكن يتوقع بأنه قد يخسر
أحد ولديه وبعد فترة قصيرة وابنه في المستشفى توفي
الولد بعد نزاع بين الجسد والقلب.

ريفان وأدريان

تبرع الرجل بالقلبين الذي رأى بأنهما لا يليقان إلا لزوجين، ونصح بذلك لأنه علم بأنهما يحملان الحب لبعضهما في كل نبضة.

في جزء آخر من العالم كانت هناك فنانة تشكيلية تدعى ريفان وقد جاءت إلى باريس من اجل عرض تشكيلي ولكنها كانت تعاني من مرض في القلب

وفجأة ساءت حالتها فأجرى زوجها، الذي لم يرافقها إلى هنا اتصالاته لكي تحصل زوجته على قلب لأن الأطباء أوصوا بعملية زراعة قلب.

تحصلت ريفان على قلب أمارا وعادت إلى بلادها، فكانت تشعر بأنها تركت جزءا منها في فرنسا وأصبحت تشعر بالنفور من زوجها.

قرر بعد ذلك العودة إلى فرنسا، فكان زوجها يشك في الأمر، فقد تغيرت منذ عودتها من رحلتها الأخيرة من فرنسا ولم تراوده الشكوك من عملية زراعة القلب.

خلال كل تلك الفترة أصبحت ريفان منكبة على رسم لوحات كلها قلوب وقلوب دامية، ولوحات علن القلوب النابضة والميتة والقلوب المحبة والسوداء وغيرها، وقد أطلقت على مجموعة لوحاتها تلك نبضات قلب أو قلوب نابضة.

عندما عادت إلى فرنسا، وبأول خطوة خطتها على الأراضي الفرنسية شعرت بأنها بحالة أفضل، وتنفست وكأنها تأخذ أنفاسا لأول مرة في حياتها وكأنها لا تستطيع التنفس إلا في هواء فرنسا.

بعد أن وضعت رجلها على الأراضي الفرنسية، شعرت بنبضة قلبها نبضة حياة وكأن قلبها لم يكن ينبض إلا الآن.

بقيت ريفان لمدة طويلة وهي تعيش في فرنسا، وبالرغم من محاولات زوجها لإعادتها إلى استراليا إلا انه لم يستطع إقناعها.

أما بالنسبة له فقد كان الرجل صاحب شركة كثير المشاغل، ولم يكن يستطيع اللحاق بها ولا العيش معها في فرنسا كان الأمر مستحيلا بالنسبة إليه.

وفي يوم قامت ريفان بإقامة معرض لأجل لوحاتها نبضات قلب، وقد كان بجانب معرضها قاعة أقيم فيها مزاد علني لبيع بعض التحف واللوحات.

وبعد انتهاء المزاد خرج أدريان الذي كان مكلفا بشراء بعض الأعمال الفنية لمليونير عربي وعندما رأى الملصق على الباب للمعرض شده العنوان فدخل، ولكن المعرض كان خال من الناس فوجئ باللوحات وشعر بشيء مختلف.

فكان كأنه يرى قصة في لوحة يشعر بالألم والوجع الذي في كل واحدة، وكان اللوحات تنزف مشاعرا ودما ووجعا وألما.

وبعد أن تفرج على مجموعة من اللوحات أطفا الضوء فرفع صوته وقال:

مرحبا هل من أحد هناك؟

أعيد إشعال الضوء وسمع صوت امرأة هادئ تعتذر وتقول:

عذرا لم أكن أعلم بوجود أحد هنا

ثم ظهرت له تلك المرأة التي نبض قلبه وقلبها بالحب معا من أول نظرة، وكأنهما ينتميان لبعضهما وكأنهما يعرفان بعضهما منذ زمن.

تعرف عليها ودعاها لتناول مشروب.

وبعد عدة لقاءات توطدت علاقتهما، وأصبحا يؤمنان بوقوعهما في الحب، فهو لم يكن يبحث عن الحب ولكنه وجده وهي لم تأتي إلى هنا بحثا عن الحب ولكنها تصادف معه.

لقد علم كل منهما بان ما يشعر به هو حب حقيقي، حب يريد لهما أن يجتمعا، حب اشتعلت شرارته منذ أول لحظة أول نظرة أول لقاء.

لقد عرفا الحب لأول مرة في حياتهما، وأصبح كل منهما يريد التوحد مع الآخر والعيش معه، إلى الأبد.

وكأنهما كانا في حاجة لبعضهما البعض.

وكأنهما كانا في رحلة للبحث عن الآخر وقد وجد كل منهما الآخر.

بعد أن قررا البقاء معها أرسلت ريفان لزوجها بطلب الطلاق، ولكن الزوج قد جن جنونه وقرر أن يكتشف ما اذا كانت على علاقة بشخص ما.

أرسل رجاله لكي يأتوا له بإخبارها ولكي يكشفوا له حقيقة ما يجري، فلم يستغرق الأمر طويلا حتى جاءه الخبر اليقين.

عندما اكتشف الحقيقة وإنها على علاقة برجل وهي تعيش معه، وهذا هو السبب وراء طلبها للطلاق، أراد

اغتيالهما ولكن أدريان كان قد طلب منها مرافقته إلى ألمانيا لكي يختبئ من العصابة التي كان يعمل معها.

ما إن أعطى الأمر بقتلهما حتى اختفيا عن الأنظار بطلب من أدريان الذي كان يعلم بأنّه ملاحق وربما يحصل لهما سوء، كما أنه ومن شدة حبه لريفان أراد حمايتها، وان لا يعرضها للخطر.

فقد كانت لديه علاقة سابقة مع ابنة رئيس العصابة التي كان ينتمي إليها،، وعندما انفصل أصبحت تلاحقه.

لقد انفصل عنها بعد أن أجرى عملية لزراعة القلب، وقد كانت هي من تدبرت له بإيجاد قلب جديد خانها وانفصل عنها لأنه لم يعد يشعر بنفس المشاعر السابقة ولم يشعر بالحب تجاهها بالقلب الجديد.

لقد تبدل من ناحيتها وشعر بالنفور، فيما أرادت هي أن ترغمه على حبها وان تستعيد علاقتها السابقة به لكنه

لم يستطع تحملها وتحمل الأمر وهذا ما جعله يفر هاربا منها.

لم يستطع أن يحبها، ولا أن يتظاهر بوجود الحب تجاهها، لقد كان صريحا في مشاعره تجاهها وهذا ما جعلها تلقي عليه اللوم وتتهمه بالخيانة.

ولكنه استطاع الفرار بذكاء لأنه كان كل حياته فردا من تلك العصابة ويعلم أسلوب تفكيرهم وكل خططهم وخدعهم، لقد كان بمثابة اليد اليمين لوالدها والفرد الرئيسي لأنه صهر رئيس العصابة.

كانت قصته تشبه إلى حد ما قصة ريفان التي شعرت بالنفور من زوجها بعد عملية زرع القلب وقد تعلق الاثنان ببعضهما وخاصة بعد أن سمعا قصتهما المتشابهة.

سافرا هربا من العصابة، ولكن الهرب لم يكن مجديا إذ توصلت إليهما ابنة رئيس العصابة بسرعة البرق على عكس زوج ريفان الذي فقد أثرها ولم يستطع الإمساك بها.

بعد أن تم إلقاء القبض عليهما تم إخبار ابنة رئيس العصابة بما جرى، وهذا ما جعلها تركب الرياح لتصل فورا.

لم تستطع أن تتحمل خيانته لها ولا نفوره وهربه منها وكذلك ما فعله.

كيف سولت له نفسه أن يقع في حب امرأة أخرى

لم يكن مسموحا له كلما فعله

لقد جازفت بحياته كثيرا

كانت ابنة رئيس العصابة تفكر في أنها هي من أعطته الحياة وانقذت حياته فقد دفعت مبلغا كبيرا من أجل إيجاد قلب له.

كما أنها قد استعملت كل صلاتها لكي تحظى بالقلب في وقت قياسي فالكثيرون ينتظرون عملية زراعة قلب لسنوات، ومنهم من يموت وهو على لائحة الانتظار.

لقد ألقى رجالها القبض على أدريان والمرأة التي كانت معه، كما أن احد رجالها قد احضر تقريرا عن تلك المرأة وإلا كانت ابنة رئيس العصابة قد أردته قتيلا إن سألته من هذه المرة ولم يجبها.

أخبرها بأنها عشيقة حبيبها، وأنّها امرأة متزوجة ولكنها طلبت الطلاق من زوجها بعد أن أصبحت على علاقة مع أدريان.

لقد استشاطت غضبا مما سمعته وبينما هي تسمع ذلك الكلام عن أدريان وتلك المرأة المقيدان والداميان فقد

طلبت من رجالها أن يلقنوهما درسا ولكن أن لا
يقتلوهما حتى تصل هي.

أرادت أن تقول بعض الكلمات لأدريان قبل أن تقضي عليه لأنها لم تكن لتتركه على قيد الحياة بعد أن فضل امرأة أخرى عليها.

فقالت له:

كيف تجرأت على النفور مني والهرب أيها الجبان

ووجدت امرأة أخرى بهذه السرعة

أيها النذل كيف سولت لك نفسك أن تخون من ردت لك الحياة

ألم تعد تحبني؟

أيها الخسيس أنا من أعطيتك هذا القلب

ولما لكي لا تحبني

انك حقا لناكر للجميل وتستحق الموت

لقد استحققته بكل جدارة

لقد تغيرت كثيرا

هذا القلب لم يناسبك

إنه قلب سيء

القلب الذي أحببت به امرأة أخرى

راتب انه يريد أن يقول شيئا فظننت بأنه ربنا يريد الاعتذار والتوسل فأمرت بأن يفكوا وثاقه أي أن ينزعوا ما على فمه لكي تسنح له فرصة للكلام.

فقال:

رجاء هي لا دخل لها

عاقبيني ولكن دعيها وشأنها

طلبت من الخادم أن يغلق فمه فورا وقالت:

أيها الحقير هل تعقد انك تستفزني سوف أعاقب كلاكما

أنتما الاثنان مجرمان ومذنبان

لن أعتق أيّ منكما

تبا لكما..

عليكما اللعنة..

فكرت قليلا ثم وجدت فكرة خلاقة، لقد وجدت العقاب الذي يناسبهما.

كان انتقام ابنة رئيس العصابة في أن نزعت لهما قلبيهما بعد أن تفننت في تعذيبهما، وقررت أن تجعل القلبين في قطرين بعيدين من العالم.

لقد كانت تشعر بالغيرة منهما، ومن كلام حبيبها الخائن عن تلك المرأة، فطلبت أن يتمّ نزع قلبيهما وهما على قيد الحياة وان يتم إرسال كل قلب إلى مكان أبعد ما يكون عن الآخر.

لم تر بأن الموت يفش الغليل، بل أرادت أن تحرمهما الحب كما حرمت منه هي وأن تنزع منهما تلك الحياة التي كانت تعتبر بأنها هي من وهبته تلك الحياة

أوليندا نالان

أرسلت إلى زوج ريفان جثة زوجته بدون قلب وأحرقت هي جثة أدريان، أما القلبين فقد أجرت طائرتين خاصتين وأرسلت قلبا إلى الصين والأخر إلى كندا فأقلعت الطائرتان في نفس اللحظة، وافترق القلبان.

ربما هكذا شعرت ابنة رئيس العصابة بفش غلها وبأنها انتصرت لنفسها وانتقمت لقلبها الذي كسره أدريان وحبيبته الجديدة.

عندما وصل القلب إلى الصين كان هناك رئيس الأطباء، الذي كان قد تبنى هو وزوجته الكندية فتاة (أوليندا)، ولكنها للأسف كانت تعاني من قلب ضعيف فاخذ القلب وزرعه في جسد ابنته بالتبني.

وبعد أن شفيت الفتاة وتماثلت للشفاء الكامل، سافرت عند والدتها بكندا لأن والديها كان مطلقين.

كانت والدتها بروفيسورة في الجامعة ووالدها طبيب مختص في جراحة القلب وقد دام زواجهما سنتين ثم انفصلا وعادت طليقته إلى كندا إلا أن زوجها عاش حياته في بكين بالصين، أما ابنتهما فقد كانت تتردد على الاثنين ومنذ أن كانت صغيرة حتى هذه السنة وهي الآن في الثالثة والعشرين من عمرها.

تبلغ والدتها واحدا وستين سنة، عندما عادت إلى بلادها احتفلت بها والدها بعودتها سالمة وأيضا احتفالا بنجاح عملية زرع القلب.

كان للوالدة صديق حميم يدعى نالان وهو صديقها لما يقرب العشرين عاما، ولم تتزوج به لأنها لم ترد أم تهدم استقرار حياة ابنتها وأبعدتها عنه تماما.

سمعت ابنتها باسمه كثير المرات ولكنها لم تلتقي به، وبعد أن أكملت ابنتها دراستها الجامعية اعتبرت الأم بأنها قد أنهت رسالتها مع ابنتها على أكمل وجه، فقد أخبرتها ابنتها بأنها سوف تلتحق بالعمل في مستشفى والدها لذا قررت الوالدة الارتباط ينالان.

أقامت الوالدة حفلا بسيطا وقررت أن تعرف ابنتها على خطيبتها كما أخبرتها بأنهما سوف يتزوجان خلال أيام قليلة.

وبينما الجميع جالسون إلى طاولة الطعام تأخر نالان في الحضور وعندما لم يأت قلقت خطيبته فاتصلت ولكنه لم يكن يرد.

كان نالان في سيارته مع ابنه فاصطدما بغزال بري ضخم وانقلبت السيارة.

وقع حادث أليم فتوفي ابنه على الفور بينما تعرض الرجل لجروح كثيرة ونزيف داخلي مما اضطر الأطباء لاستئصال قلب الابن ووضعه في صدر الرجل.

وبعد أن تماثل للشفاء وعادت ابنتها التي كانت قد سافرت ابنتها إلى أمريكا في رحلة لتوديع أصدقائها، لأنه عزمت الرحيل إلى الصين لكي تعيش مع والدها.

كانت الوالدة قد وضعت نالان في بيتها لكي تعتني به وخاصة لأنه تعرض لأزمة كبيرة، وفقد ابنه الوحيد

فقد خافت عليه كثيرا من أن ينتحر أو يقوم بعمل أمر متهور.

عادت الابنة لكي تودع والدتها وتسافر بعد يومين، لأن والدها قررت أن تؤجل الزواج إلى تاريخ غير معلوم احتراما لمشاعر الحزن التي يعيشها نالان.

عندما رأت أوليندا نالان لأول مرة وقد كان على كرسي متحرك جالس في حديقة بيت والدها، وعندما التفت إليها لأول مرة نبض قلبها وفق نبضات قلبه وشعرت بشيء غريب.

شعرت بوخزة في قلبها وتضايق نالان أيضا، تبادلا النضرات وكأنهما يشعران بالحب.

كان الموقف محرجا وغير لبق فهو كان بمثابة والدها ولا يجوز أن تشعر بشيء تجاهه.

لم تنم تلك الليلة أولينا، وقد قضت ليلتها تتقلب، وهي لا تفهم شعور قلبها ومشاعر الحب الجياشة التي

شعرت بها اتجاه نالان كما أنها فهمت من نظراته على العشاء بأنه يبادلها نفس الشعور.

في اليوم الموالي أخبرت الفتاة والدتها بأنها لا تريد السفر، ولم تعلل السبب وقد كان السبب واضحا بالنسبة إلى نالان.

أصبحت أوليندا تقضي الكثير من الوقت مع نالان، حتى أن والدتها تضايقت من ذلك وقد تماثل نالان للشفاء سريعا.

اقترح نالا على أوليندا بان تهرب معه، ووافقت أوليندا على ذلك، فلاذا بالفرار معا مما جهل الوالدة تتعرض لأزمة قلبية وتوفيت جراءها.

حزنت أوليندا عند سماعها بخبر وفاة والدتها، فهجرت نالان الذي لم يتحمل هجرها له فسقط طريح الفراش مريضا وكانت حالته هذه المرة سيئة،

علم نالان بأنه قد أساء لحب حياته التي خانها مع ابنتها فتسبب في موتها لذا اقترح على الأطباء التبرع بأعضائه بعد وفاته لقد علم بان هذا القلب يحمل حبا عظيما، ولا يجدر بهم إخراس نبضاته انه قلب يستحق الحياة.

توفي نالان على طاولة العمليات لأن حالته قد تدهورت عندما هجرته أوليندا وفي اللحظة التي توقف قلبه توقف قلب أوليندا، مما جعل سيارتها تحيد عن الطريق فنقلت إلى المستشفى من فورها.

لم يكن نالان وأوليندا في نفس المستشفى بل كان في ولايتين مختلفتين.

أمارتا بول

تمت زراعة قلب أوليندا في جسد شاب يدعى بول وقد كان يحب الرقص على الجليد، ولكن ضعف قلبه جعله يتوقف عن فعل ذلك إلا انه كان شبه مهووس بالرقص فاكتفى بمشاهدة البرامج ومختلف المهرجانات وكل ما يقيم حفل رقص يذهب إلى ذلك المكان من أجل المشاهدة.

أصبح الشاب محبا للرقص أكثر من ذي قبل وأصبح يقيم علاقات صداقة مع كل من يهوى أو يمارس الرقص لذا كان كل اختلاطه مع الفتيات.

يبدو انه حب أمارتا للرقص قد عاد فيه من جديد، وهكذا تعرض بول للكثير من التنمر لميولاته للرقص، وكان يتم شتمه واتهامه بأن لديه ميولا غريبا وان يشبه البنات أكثر منه شبها بالأولاد.

وبعد مرور بعض الوقت رأى بول فتاة ترقص على التلفاز في برنامج هواة، وقد كانت الفتاة ترقص رقص الباليه، ولكنه تعلق بها وهي لم تتجاوز الثانية عشر من عمرها.

كانت الفتاة ميراي قد تحصلت على قلب نالان ولكنّها كانت تعشق الرقص وتمارسه، وقد كانت ترقص قبل أن تتعرض لحادث فتتم زراعة القلب لها،وقد كانت والدتها راقصة باليه محترفة.

وهكذا بحث بول عن الفتاة وأصبح مهووسا وكأنه يطاردها، مما اضطر الشرطة لاعتقاله واتهامه بالتعرض لها هي ووالدتها.

ولكن بول لم يقوى على العيش بعيدا عنها لذا كان يبيت الليالي أمام بيتها، وهذا ما جعل المحكمة تصدر حكما بالسجن في حقه.

لم يقوى بول على العيش في السجن فانتحر وترك رسالة للفتاة يعلن لها عن حبه، وعندما وصل الأمر إلى العلام والصحافة تعرضت البنت للتنمر مما جعل والدتها توقفها عن دروس الرقص لأنها كانت ضعيفة القلب.

وفجأة دخلت المستشفى لكثرة الضغط فتمت زراعة قلب جديد لها، لأن جسدها رفض القلب الأول.

وتمت زراعة قلبها في جسد رجل قلبه أيضا كان قد رفض القلب، فتمت مبادلة القلبين.

أما قلب بول فقد قام بسرقته رجل عصابات من السجن لتتم زراعته في جسد أخته الوحيدة.

تعرف إيدن الشرطي الذي تحصل على قلب جيان على إيفلين التي كانت أخت رئيس العصابة والمجرم الخطير.

فقد كان إيدن يبحث في قضية مهرّبات كبيرة، لذا قرّر الدخول إلى وكر العصابة عن طريق أخت المجرم صاحب السوابق ورئيس العصابة

ولكنه سرعان ما وقع في حبها

اعتقد في البداية بأنه يلعب عليها دور المحب من اجل المعلومات التي يبحث عنها.

ولكنه اكتشف فيما بعد بأنه وقع في حبها فعلها وكانت عواطفه تتحكم فيه ولم يكن يستطيع التحكم لا في مشاعره ولا في نفسه

بل كان يحبها كثيرا لدرجة أنه يستطيع التضحية بنفسه لأجلها، فقد كانت تسكن قلبه بقوة

أما بالنسبة لإيفلين فقد عرفت بأنها تحبه من أول مرة تراه فيها

فقد نبض قلبها وأخبرها بأنه الشخص المناسب لها.

أنه هو الحب الذي كانت تبحث عنه أو كانت تنتظر قدومه

لقد تمكنت من التعرف عليه من أول نظرة وعرفت بأنه الشخص المنشود، وعرفت بان ما تشعر به هو حب بل عشق وغرام.

عندما علم أخاها بأنها وقعت بغرام شرطي يريد القضاء عليهما.

قرر ذلك الآخر الذي كان قاسيا وليس لديه تساهل في مثل هذه الأمور قتلهما

وأعطى أمرا لرجاله بتصفيتهما كلاهما

فقد اكتشف بأنها تحبه وقد خانت أخاها والخيانة غير قابل للصفح ولا للمسامحة.

فطاردها في البر والجو حتى ألقى القبض عليهما هدد
أخته ولكنها أصرت على حبها للشرطي.

قام رجل العصابة بقتلهما وطلب إحراقهما ورمي
رفاثهما في البحر

ولكن اد المحرمين قرر أن يحصل على بعض المال
من صفقة خاصة وله لوحده فاخذ الجثتين وباع
أعضاءهما التي كان لها ثمن باهظ.

جودي نوا

حصلت جودي على قلب ايفلين وقد كانت مضيفة طيران بريطانية تبلغ الثمانية والعشرين من عمرها.

وحصل نوا الذي كان كاتبا للروايات الرومانسية روسي الجنسية، يعيش في مدينة نيويورك ولكنه كان مقعدا على قلب إيدن.

وكان كلاهما عازبا ولكن الأمر الوحيد هو المسافة التي كانت تفصلهما ولا احد يعلم كيف قد يلتقيان لكي يجتمع قلب جيان وأمارا من جديد.

لقد كان الأمر صعب على نوا لأنه لم يكن كثير السفر، أما بالنسبة لإفلين فقد كانت تعيش في السماء وهو على الأرض.

ولكن الأمل يبقى موجود ويملأ ذلك القلبان اللذان سوف يجدان طريقهما لبعضهما بلا أدنى شك

فالحب يعرف طريقه وينير طريق العاشقين

الحب هو من يجمع القلوب وسوف يجمع هذين القلبين من جديد.

ولكن لن تكون هناك مشاكل هذه المرة وسوف يتوحد القلبان العاشقان أخيرا بطريقة أو بأخرى.

وفي يوم من الأيام جاء صديق إلى إيدن، وأخبره بخبر سار لقد أخبره بأنه قد حدد له موعدا مع طبيب في مدينة لندن.

وهذا الطبيب هو طبيب مختص في العظام، ولديه تجارب كثيرة على مثل حالة إيدن.

وطلب من صديقه أن يسافر معه لكي يفحصه ويجري له بعض التحاليل، وسوف يخبرهم بالنتيجة التي ربما تكون في صالحهم.

في البداية لم يوافق إيدن على الأمر لأن هذا الموضوع يزعجه وقد كان قد أغلقه منذ مدة ولم يعد يريد فتحه من جديد.

ولكن وبعد إصرار ذلك الصديق وافق إيدن على الأمر، واعتبر الرحلة رحلة للكتابة وربما يخرج منها برواية جديدة، بغض النظر عن وجود الأمل في الشفاء أو انعدامه.

وهكذا سافر الاثنان إلى لندن واستضافه صديقه
في بيته الذي يقع على بحيرة ....

وكانت الرحلة رائعة وقد استمتع بها إيدن حقا ولم يكن
يعتقد بأنه سوف يستمتع هكذا

وبعد أن أجرى كل التحاليل اللازمة اخبره الطبيب بان
هناك أملا ولكنه أمل ضئيل لشفائه بعد إجراء عملية

ولكن على الأقل أن هناك أملا

في تلك الفترة رأى أين فتاة جذبت انتباهه رغم أنه لم يكن ينجذب للفتيات لأنه يعلم بان حالته لا تؤهله لكي يرتبط بأية فتاة كانت، ولا يريد لا إحراج نفسه ولا إحراج غيره.

كما أنه لا يقبل أن تبقى معه فتاة من باب الشفقة عليه وهو لا يحتاج للشفقة.

لقد رأى تلك الفتاة على دراجة هوائية بالقرب من تلك البحيرة، ورآها من نافذة غرفته في بيت صديقه.

يبدو أن الفتاة قد كانت تعيش في الجوار.

لم تكن تلك الفتاة مميزة، لقد كانت فتاة عادية ولكنه لا يعلم لما شدت انتباهه.

كانت ترتدي ملابس رياضية زرقاء بلون داكن، وتربط شعرها البني كذيل حصان صغير للأعلى وتركب دراجة هوائية وفقط.

كما أنه كان يراها من بعيد ولم يحتك بها فالمسافة بينهما كانت كبيرة.

إلا أنه قد لاحظ بأنها تمر كل صباح بنفس الطريق وعلى الدراجة.

وفي يوم باغته صديقته وهو ينظر إليها من النافذة وقال له:

ما ذا تفعل يا صديقي؟

إيدن: (التفت إلى صديقه الذي دخل من باب الغرفة وراءه)

لا شيء..

صباح الخير..

الصديق: (وهو يقف بجانب إيدن وينظر من النافذة إلى حيث كان ينظر إيدن)

صباح الخير..

آه أرى أن هناك ما يجذب نظرك

إنها ....

إيدن:

إنّها من؟

هل تعرفها؟

الصديق:

ولما أنت مستعجل؟

هل تريد أن تعرف من هي؟

إيدن:

ما من سبب، إنه مجرد سؤال..

لما أنت تتصرف هكذا؟

أنت حقا غريب، وأنا أسحب سؤالي

هل أنت مرتاح الآن؟

الصديق:

لا تكن سريع الغضب يا إيدن، أنا امزج معك.

اسمع أنا اعرف تلك الفتاة، إنها تسكن غير بعيد وهي مضيفة طيران على ما أعتقد

ولكنني لا اعرف اسمها..

إيدن:

لقد قلت لك أنني قد سحبت السؤال

الصديق:

اسمع ولكن هناك ملاحظة، وسوف تنال إعجابك

إيدن:

لا أريد..

الصديق:

اسمع يا صديق أنا اعرف بأن تلك الفتاة، هي فتاة عازبة وليس لديها صديق على حد عملي.

ضحك إيدن الذي يبدو أن الأمر قد راقه ولاقى إعجابه وقال:

فلنغير الموضوع.. رجاء..

ضربه صديقه على ظهره وقال:

أنا أفهمك يا صديق.

خضع إيدن للعملية وكانت نتائجها جيدة لقد نجحت العملية، وكان الطبيب متفائل من أن النتيجة سوف تظهر بعد عدة أشهر أو أسابيع

لأن العلاج مازال مستمرا فهناك علاج فيزيائي ينتظر إيدن وفق برنامج مكثف، وعلي أن يبقى في لندن لمدة أطول بعد.

وبعد عدة أسابيع بدأت تظهر بعض العلامات الخفيفة على إيدن وعلى رجليه بان هناك تحسنا خفيفا.

يبدو أن إيدن سوف يستعيد قدرته على السير، وإن كان بالتدريج وان كانت بشكل خفيف، ولكن المهم هو أن النتيجة ايجابية ولصالحه.

لقد كان سعيدا جدا وكذلك نفس الأمر بالنسبة لصديقه الذي كان يلازمه.

الأمر العجيب في الأمر هو أن إيدن قد بدا يخضع للعلاج في أقرب صالة العاب رياضية قريبة من بيت صديقه، ولكن تحت إشراف ممرض خاص.

العجيب في الأمر أن مضيفة الطيران قد كانت تتردد على الصالة الرياضية، وقد لاحظت وجود إيدن وانجذبت إليه.

يبدو أنها قد توقفت عن العمل في مجال الطيران بعد أن قامت بزراعة قلب في صدرها، ولم تعد تقوى على العمل بنفس الطريقة السابقة التي تعودت عليها في حياتها سابقا.

لقد أصبحت تعمل في قاعة الرياضة تلك، ولكن فقد لمدة ثلاث ساعات صباحا.

وهناك التقت بإيدن ولكنها لم تستطع أن تحتك به، لأنها كانت ترى بأنه يخضع لعلاج قوي ومكثف، وكان يتألم كثيرا إلا أنها لم تكن تريد أن تزعجه فكانت تكتفي بمراقبته من بعيد.

في البداية لم ينتبه لها أين وبعد مرور شهر على هذا الحال، ولكنه كان يشعر بأن هناك أمر ما في الصالة الرياضية، يجعله يحب المكان رغم الآلام الشديدة التي كان يشعر بها أثناء التدريب.

لقد كان صديقه مسافرا في تلك الفترة، وعند عودته أحضر معه مفاجأة لإيدن.

لقد كان يحمل بين يديه كتابا يبدو أنه النسخة الأولى لكتابه الجديد الذي صدر حديثا ولكن في نيويورك.

دخل الصديق إلى الجيم وفاجأ إيدن الذي كان يقوم بالتمارين وأخبره بأنه قد أحضر معه صندوقا من الكتب، وهو في صندوق السيارة.

ولكنه أحضر لم يستطع أن ينتظر حتى يعود إيدن إلى البيت، فأراده أن يرى كتابه لذا أحضره إلى هنا.

أخبره إيدن أن يساعده لكي يأخذ حماما ويغير
ثيابه ولكن الصديق قال له انتظر حتى استغل الفرصة
وأتمرن قليلا قبل عودتنا إلى البيت.

توجه الصديق لكي يقوم ببعض التمارين الرياضية،
وترك إيدن ينتظر وقد أعطاه الكتاب الأحمر.

الذي عنوانه عشق طائر في السماء.

يبدو أن الكتاب عن مضيفة الطيران نفسها، أو ربما
مستوحى منها ولكنه من غلافه وما هو مكتوب على

الغلاف يظهر بأنه عن مضيفة طيران بغض النظر أنه عن تلك الفتاة أو عن غيرها.

وبينما هو يقلب صفحات الكتاب بين يده، حتى سمع فتاة قد تقدمت إليه وكانت تسأله عن الكتاب وقالت:

لو سمحت هل يمكنني إن أطرح سؤال

فقال:

تفضلي..

ورفع عينيه لكي يجد بأنها نفس الفتاة

جودي:

اعتذر عن إزعاجك..

أنا فقط أريد أن اطرح سؤالا عن هذا الكتاب

إيدن:

لا عليك تفضلي.. يمكنك أن تسألي ما تشائين

جودي:

من أين حصلت عليه؟

لقد كنت انتظر صدوره بفارغ الصبر

إيدن:

هل تريدين قراءته؟

خذيه يمكن أخذه

جودي:

لا.. لا يمكنني فعل ذلك

أنت لم تقرأه بعد

إيدن:

لا تقلقي بشأن ذلك

جودي:

في الحقيقة لقد كنت مضيفة طيران، وأعجبني أن الكتاب عن مضيفة طيران لذا كنت انتظر صدروه.

ولم اعلم انه صدر يبدو أنك محظوظ، لأنك حصلت عليه

إيدن:

لا.. ليس الأمر أمر حظ

لقد صدر منذ يومين

جودي:

وكيف وصل إليك؟

أنحرج إيدن ولم يجب ما يجب به في تلك اللحظة، تدخل صديقه وقال موجه كلامه إلى الفتاة وقال:

أنا أحضرته..

مرحبا.. أنا بِن وأنا أعيش على طرف الشارع على

البحيرة

وأنت؟

جودي:

أنا جودي.. وأنا

بِن:

أنت مضيفة طيران

لا.. لقد كنت كذلك، ولم أعد كذلك

يبدو انك تعرفني؟

بِن:

أنت تمرين من الشارع على دراجتك

أليس كذلك يا إيدن؟

(شعرت الفتاة بالحرج)، ثم قال لها إيدن:

تفضلي الكتاب..

قالت:

لا يمكنني.. أنت لم تقرأه بعد

الصديق:

لدينا نسخ أخرى..

ويمكن أن تحصلي على نسخة موقعة إن شئت

جودي:

أحقًا.. تعني ذلك؟

هل تعرف الكاتب؟

الصديق:

وهل تعرفيه أنت هل تحبين كتاباته

إيدن:

توقف يا بِن

توقف عن إزعاجها

جودي:

أجل.. أعرفه؟

إيدن:

هل حقًا تعرفيه؟

ضحكت وقالت:

لا لم أقصد أنني أعرفه شخصيا

ولكنني.. قد قرأت له أكثر من كتاب

الصديق:

وما رأيك فيه؟

جودي:

يعجبني أسلوبه إنه من المؤلفين الرومانسيين الذين أحبّ كتاباتهم.

بِن:

إذن سوف تسعدين إن حصلت على توقيعه على كتباك

إيدن:

توقف.. يا بِن

جودي:

طبعًا.. سوف أسعد كثيرا

بِن:

وقّع لها يا بِن

تفاجأت الفتاة بأن إيدن هو المؤلف، وقد كانا يلتقيان في الصالة الرياضية، وأحضر لها العديد من كتبه، ونشأت بينهما علاقة.

أصبح إيدن يستطيع السير باستعمال العكّازين ولكنّه كان سعيدا جدا.

لقد كان يشعر بالسعادة باقتراب جودي منه، وأيضا لأنه قد أصبح يستطيع السير.

كانت هناك الكثير من الأمور المشتركة بينهما، فقد كان يحبها وهي تحبه.

وكان هو يكتب الروايات الرومانسية، وهي تحب قراءتها

وكلاهما قد اجريا عملية وزراعة قلب.

وبعد مدة من الزمن وعندما أصبح إيدن يستطيع السير، باستعمال عكّاز واحدة تقدم لخطبتها ووافقت.

وأقاما حفل زفاف رائع.

وقد كان إيدن يقف في المذبح ببذلته الكحلية، والقميص كثير الكشكشة، وربطة العنق على شكل فراشة

وعروسه ترتدي فستانا بسيطا أنيقا

وجمعهما الرب أخيرا.

وعاشا في لندن، وعاشا بسعادة كل حياتهما، ولم
يُفرّقهما هذه المرة أحد.

Sommaire